NOOK

KATSI

PITCH

MONSIEUR
KAKTUS

KATSI

M & C Laffon

Élise Mansot

Gardons le sourire !

GRANDIR ET COMPAGNIE

De La Martinière Jeunesse

Ce jour-là, il faisait beau et Katsi avait décidé
d'aller à la pêche. Il connaissait un petit coin
tranquille pour taquiner les poissons.
Il sortit ses bottes.
– Oh non ! Il en manque une. Ça commence
mal ! Qui m'a pris ma botte ? ronchonna-t-il.

Ah, la voilà !

Mon chapeau,
ma canne à pêche,

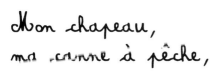

mon pique-nique et zou,
à la rivière !

Katsi enfourcha son vélo.
– Oh non ! Un pneu de crevé ! soupira-t-il.
J'ai vraiment pas de chance.
– Monte ! lui proposa Nook qui se promenait.
Je t'emmène, si tu veux.

Katsi hésita, mais grimpa derrière lui.

– Eh ! Attendez-moi, cria Pitch, je veux venir, moi aussi !
– On va être trop serrés à trois ? s'écria Katsi.
– Pousse-toi un peu ! rigolèrent Nook et Pitch.

À peine arrivé, Katsi
prépara sa canne à pêche.
– J'ai un peu faim,
dit Nook, on pourrait
sortir le pique-nique?

« Oh non ! pensa Katsi,
j'ai pas envie de partager. »
– C'est pas l'heure
de manger, répondit-il
en enfilant son hameçon.
Et puis silence, je pêche.

Il lança sa canne et hop !
Oh non ! C'est pas vrai !
Le chapeau de Nook !
– Bonne pêche ! lança
Pitch, on va pouvoir
le faire frire !

Nook éclata de rire.
– C'est pas drôle ! bougonna Katsi.
Vous allez faire fuir les poissons
avec vos ricanements.
–Tu as raison ! reprirent ses amis
en s'éloignant. Chut !

Katsi relança sa canne.
Oh, non ! Dans les cheveux de Pitch.
– Aïe ! cria-t-elle.
– Bonne pêche ! s'esclaffa Nook,
voici une petite Pitch toute fraîche !

– Ça vous amuse hein ! pesta Katsi, Pitch, rends-moi
mon hameçon, c'est pour les poissons !
– Mais c'est une jolie barrette aussi.
Et elle se mit à courir cheveux au vent.

Tout le fil à pêche se déroula, s'emmêla,
se cassa. Katsi se prit les pieds dans sa canne,
glissa et, oups, tomba dans la rivière.

– Tu es un super poisson rouge ! s'exclamèrent joyeusement Nook et Pitch.

– C'est malin ! cria Katsi vexé, j'en ai assez de cette journée, je suis trempé et j'ai rien pour me changer.

– Ça va sécher, dit Nook, y a du soleil !

– Je claque des dents, reprit Katsi.

– Cours ! lui conseilla Pitch.

– J'ai trop faim, déclara Katsi en ouvrant son panier.
Oh non ! Les fourmis ont tout mangé. Puisque c'est
ça je rentre chez moi.

Et il rangea sa canne, ses hameçons et son panier.

– Tu rentres à pied ! s'exclamèrent ses amis.
– Qu'est-ce que ça peut vous faire ?
– Reste Katsi ! tenta Pitch.
– Allez reste ! insista Nook, on rit bien.

– Pas moi et en plus, j'ai plein d'eau dans mes bottes.
Quand tout va mal, constata-t-il dépité, tout va mal.
Oh, oui, trois fois oui.

Il essaya de retirer ses bottes mais rien à faire.
– Il y a des jours où la vie est trop dure,
se lamenta Katsi, et particulièrement aujourd'hui !
Il compta alors sur ses doigts tous les malheurs
de sa journée.

–Tu veux de l'aide pour tes bottes ? lui
proposèrent ses amis.
Katsi les regarda, ils avaient de la chance, eux,
de s'amuser.

Mais, pourquoi pas moi ? réfléchit-il.

Pitch et Nook ont raison : une bonne journée, c'est une journée qu'on prend du bon côté ; c'est mieux de choisir ce qui va bien plutôt que ce qui va mal.

– Toujours d'accord pour les bottes ?
leur demanda-t-il avec un grand
sourire. Chacun un pied. Tiirez !
Tiiiiiiiiirez !

Mais les bottes glissèrent
trop vite...

Et oups, Nook et Pitch tombèrent dans la rivière.
– Je vous l'avais dit, rigola Katsi. C'est un bon coin
pour se baigner.

Et il sauta dans l'eau pour nager avec eux.
Choisir d'être de bonne humeur, ça change tout.
Non ?

Si ! comme dirait Katsi.

LE KATSI +

Comment Katsi apprit à s'adapter au monde, aux autres et à tous ceux qui l'embêtaient en retrouvant sa bonne humeur.

Super, il fait beau. Katsi va pouvoir aller à la pêche. Mais pas de chance, entre sa botte, son vélo, son hameçon qui s'accroche, tout va de travers... Katsi tombe même dans la rivière. Il se lamente, ronchonne, fait la tête, furieux contre Pitch et Nook qui eux s'amusent bien au bord de l'eau. Mais Katsi réfléchit : pourquoi croit-il que tout va mal ? Après tout, il a retrouvé sa botte.

Son pneu crevé ? Nook l'a emmené sur son vélo. Il n'a pas pris de poisson, mais ses amis ont bien ri tous les deux. Ils auraient pu être furieux d'être accrochés au bout de son hameçon. Pitch et Nook ont pris la vie du bon côté au lieu de ronchonner, constate-t-il, et ils ont raison : mieux vaut regarder ce qui va bien que ce qui va mal. Alors il décide de retrouver son sourire et sa bonne humeur. Youpi ! Ça, c'est Katsi.

Ça, c'est Katsi !

LE DÉVELOPPEMENT PERSONNEL POUR LES PETITS AUSSI !

Demain, quel sera le monde de notre enfant ?
Impossible de le savoir. Mais aujourd'hui, comment l'aider à se construire pour lui permettre de s'adapter aux nouvelles situations à venir ?

La série Katsi participe à son développement personnel. Elle lui apprend, confronté à toutes sortes de difficultés, à analyser la situation, à réfléchir et à trouver, seul ou non, une solution positive pour s'adapter et progresser dans la confiance et l'estime de soi.

LE KATSI + est à partager avec l'enfant pour dialoguer et s'interroger. Qu'est-ce que voulait Katsi ? A-t-il trouvé oui ou non une bonne solution pour y arriver ? Et toi, qu'aurais-tu fait dans la même situation ?

Dans la même collection :

Y a toujours des solutions !

Restons calme !

Ensemble, c'est super !

Raté, mais pas grave !

Trop, c'est trop !

© 2013, Éditions de La Martinière Jeunesse,
une marque de La Martinière Groupe, Paris
Achevé d'imprimer en janvier 2013 par Pollina, en France - L63355
Dépôt légal : février 2013. ISBN : 978-2-7324-5547-1
Connectez-vous sur www.lamartinieregroupe.com – www.lamartinierejeunesse.fr